GEORG SCHÖNAUER: Der Schatz in der Südsee

Unbemerkt folgt ein dunkler Schatten den beiden Gestalten. Es sind Jan Bennett, ein alter Seemann, und sein junger Schützling Pietro. Sie kommen aus einer Schankwirtschaft am Fischereihafen und streben ihrer Behausung zu. Sie merken nicht, daß sie verfolgt werden, und ahnen auch nicht, daß sie schon den ganzen Abend belauscht worden sind. Was kann ein Seemann schon Wichtiges zu erzählen haben?

Jan Bennett war unvorsichtig gewesen, als er Pietro beim Grog das Geheimnis seines Lebens anvertraute: Vor rund dreißig Jahren hatte er mit einem Chinesen einen Schiffbruch in der Südsee überlebt. Das Schiff war mit Piratenschätzen beladen gewesen, und es gelang den beiden Schiffbrüchigen das Piratengold zu bergen. Jan Bennett konnte den Anschlägen des habgierigen Gelben entfliehen und wollte nun ein Schiff auszurüsten, um vielleicht jetzt noch das Piratengold zu holen.

Einer aber hatte Jan belauscht, der Schatten, der ihnen jetzt folgt.

GÖTTINGER JUGENDBÜCHER

GEORG SCHÖNAUER

Der Schatz in der Südsee

1970: 41. — 46.. Tausend

ISBN 3 439 00264 0

© 1968 by W. Fischer-Verlag, Göttingen
Alle Rechte vorbehalten!
Titelbild und Zeichnungen: Kurt Schmischke
Satz und Druck: Fischer-Druck, Göttingen

Der Schatz in der Südsee

Die Flucht ins Leben 7
Das goldene Geheimnis 16
Chang Wang, der Schiffskoch 24
Der fremde Lauscher 34
Kapitän Kelly 40
Der Mann mit dem Spitzbart 45
An Bord der Sacramento 51
Kurs auf die Südsee 56
Eine dunkle Gestalt 60
Die Mitwisserin 65

Die Flucht ins Leben

und eine wunderbare Rettung

Mein Vater war der mexikanische Reiteroffizier Señor Alfonso de Flodo. Seltsamerweise fiel er im Duell mit einem Amerikaner am gleichen Tag, da meine schöne Mutter, Maria von Sengell, das Opfer einer Klapperschlange wurde. Sie starb an deren tödlichem Biß, als sie in der Wildnis Beeren sammelte. Sie war die Tochter eines deutschen Siedlers, der einst als politisch Verfolgter aus Deutschland hatte fliehen müssen und am Ufer des Sacramento eine neue Heimat fand.

Die guten Mönche des Klosters Santa Crucia in San Franzisko nahmen mich zu sich, nachdem sie meine Eltern in einem gemeinsamen Grab zur ewigen Ruhe gebettet hatten.

Unter ihrer Pflege gedieh ich prächtig, und als ich heranwuchs, lernte ich Rechnen, Lesen und Schreiben, die spanische Sprache, Englisch und Latein. Patre Nikodemus hatte als junger Mensch in spanischen Diensten alle Meere befahren. Er schloß mich ganz besonders in sein Herz und weihte mich in die Geheimnisse der Navigation und verwandter Nebenfächer ein; denn er besaß den Ehrgeiz, aus mir einen Seemann zu machen. Hierbei kam mir gelegen, daß ich leicht und mühelos aufnahm, gleichsam in spielerischer Weise das Wissenswerte erlernte.

In liebevollem Gedenken an meine Mutter, der ich in herzlicher Sohnesliebe zugetan gewesen war, setzte ich es bei dem strengen Klosterabt durch, daß ich mich von da an Pietro von Sengell nannte.

Als ich vierzehn Jahre war — man schrieb das Jahr 1838 —, entdeckte ich, daß das Leben im Kloster Santa Crucia von San Franzisko für mich täglich langweiliger wurde. Schließlich war ich der Schule entwachsen und ein kräftiger, gewandter Junge geworden. Zu dieser Zeit mißfiel mir, daß ich zu langweiligen Arbeiten in der Küche und im Gemüsegarten herangezogen wurde. Ich trieb mich am liebsten am Ufer des Stillen Ozeans herum oder sah den Fischern von Frisko bei ihrer Arbeit zu. Ich konnte damals nicht ahnen, daß die Mönche damit nur meinen angeborenen Stolz dämpfen und verhindern wollten, daß ich wegen meines Wissens hochmütig wurde. Es war dieser ererbte Stolz meiner deutschen und mexikanischen Vorfahren, der mich bewog, so bald als möglich aus dem Kloster zu fliehen und in der Welt mein Glück zu suchen.

Im wildstürmenden Frühling 1838 brachte ich meinen Plan zur Ausführung. Eines Nachts im Monat Mai bog ich

unter Aufbietung all meiner Kräfte die Gitterstäbe meiner Zelle auseinander und schlüpfte hindurch. Mit einer Strickleiter, die ich heimlich geknüpft hatte und in einer hohlen Plantane verborgen hielt, ließ ich mich von der schwindelndhohen Klostermauer hinab — ich war frei.

Da ich fürchten mußte, in der Frühe des folgenden Tages vermißt und gesucht zu werden, wandte ich mich dem nicht allzu entfernten Ufer des Stillen Ozeans zu, wo ich im zerklüfteten Fels eine niedere Höhle wußte. Der Mond erhellte die Nacht, und so fiel es mir nicht schwer, sie zu finden. Todmüde warf ich mich dort nieder.

Als ich am nächsten Morgen erwachte, sah ich von meiner Höhle aus das Meer zum Greifen nahe vor mir liegen. Das Tosen der Brandung drang bis zu mir herauf, und in der Ferne erkannte ich die vom Morgenwind geblähten Segel eines Vollschiffes. Sehnsüchtig blickte ich ihm nach, kannte ich doch schon damals nichts Schöneres, als auf einem solchen stolzen Segler die Meere zu befahren.

Mich hungerte und ich lief hinunter und fand auch einige Austern, deren Schalen ich öffnete. Einigermaßen satt, kam mich die Lust an, ins Meer hinauszuschwimmen. Eine halbe Meile mochte ich vom Strand entfernt gewesen sein, als ein Hai neben mir auftauchte und mit weitgeöffnetem Rachen nach mir schnappte. Vor Schreck warf ich mich herum, worauf das Untier mich vorerst in Ruhe ließ.

Mit aller Kraft schwamm ich dem fernen Ufer zu, den Tod im Nacken. Bald merkte ich, daß mich der Hai verfolgte, und wirklich, er schnappte erneut nach mir. Um Haaresbreite entging ich auch diesmal dem Verderben, indem ich mit dem Bowiemesser (Jagdmesser), das ich in einer Seitentasche bei mir trug, nach der Bestie stieß. Ich sah Blut an seinem riesigen Kopf und atmete auf, als er unter mir wegtauchte.

Mit Macht strebte ich jetzt wieder dem Ufer zu, wohl wissend, daß mich nur ein Wunder noch vor dem Menschenhai retten konnte. Wie oft ich nachher noch mit dem Messer nach dem Untier stieß, das mich immer gefährlicher bedrängte, vermochte ich später nicht mehr anzugeben. Als ich schon spürte, daß meine Kräfte erlahmten, und ich einsah, daß ich verloren war, zumal ich im Kampf mit dem Hai mein Bowiemesser verloren hatte, hörte ich plötzlich das Klatschen von Rudern. Ich blickte auf und sah ein Fischerboot mit schäumender Gischt vorm Bug auf mich zukommen.

Es geschah in diesem Augenblick, daß mir die Sinne schwanden und ich nichts mehr hörte und sah. Ich schlug nach kurzer Zeit die Augen auf und fand mich auf einer alten Decke ausgestreckt im Boot, und Jan Bennett, den ich von meinen Streifereien am Meerufer entlang kannte, ruderte eifrig. Sofort setzte ich mich aufrecht auf die leere Ruderbank und merkte zu meiner Freude, daß ich unverletzt war. Schnell kehrten jetzt auch meine Kräfte zurück.

„Thanks, Jan Bennett", sagte ich.

„Allright, Pietro", gab er lächelnd zur Antwort. „Bleib sitzen. Wir sind bald da."

Gleich darauf hatten wir das Ufer erreicht. Wir sprangen beide zum Strand und sicherten das Boot. Einen Steinwurf davon entfernt stand Jans Fischerhütte, oberhalb der weiß schimmernden Sanddüne, mit ihrer Rückfront fast an die senkrecht herabfallende Felswand stoßend. Ich lief nach meiner Kleidung, die ich am Strand zurückgelassen hatte, zog mich an und kehrte dann um.

Jan hatte auf dem Herd ein Feuer entfacht und briet Fische. Stumm saßen wir einander gegenüber und aßen. Damit fertig, zündete sich der alte Fischer eine Pfeife an. Er paffte blaue Rauchkringel zur niederen Stubendecke — und schwieg.

Ich sah mich in der Hütte um. Sie war aus rohen Baumstämmen gezimmert und offenbar dazu geeignet, einem Orkan Trotz zu bieten. Die Einrichtung war einfach, aber ansprechend. An den Wänden hingen alte Stiche, meist Bilder von uralten Seglern, die wohl längst auf dem Grunde des Meeres ruhten, daneben Angelschnüre, alte Krummsäbel, Pulverhörner aus der Indianerzeit, auch ausgestopfte exotische Vögel, alte Pistolen und krumme Türkensäbel.

Da erinnerte ich mich, einmal gehört zu haben, daß der alte Fischer Jan Bennett dreißig Jahre hindurch als Schiffszimmermann alle Meere befahren hätte. Mit einer Mischung aus Ehrfurcht und aufrichtiger Bewunderung blickte ich ihn an. Bennett war von mittlerer kräftiger Statur, glatt rasiert und hatte volles, graues Haar. Blaue Augen lugten unter schwarzen, buschigen Augenbrauen hervor, die etwas vorspringende Nase gab dem von Wind und Wetter braun gegerbten Gesicht ein kühnes Aussehen.

„Dem Hai bist du noch mal entkommen, Pietro", begann er. „Fragt sich, ob du wirklich die Gefahren der Seefahrt auf dich nehmen willst oder nicht doch lieber wieder zu den Mönch ins Kloster zurückkehren willst."

Entschlossen richtete ich mich auf. Wenn mir auch die Begegnung mit dem Menschenhai hart mitgespielt hatte, kapitulieren und reumütig zum Kloster zurückkehren wollte ich deswegen noch lange nicht.

„Nie mehr ins Kloster!" erwiderte ich fest.

Jan nickte dazu.

„Patre Nikodemus", meinte er, „wird um dich trauern. Ich kenne ihn. Er ist eine Seele von Mensch. Nächstens werde ich deinetwegen mal im Kloster vorsprechen. Wetten, sie lassen dich hier! Ich habe deine schöne Mutter gut gekannt. Schon ihretwegen darfst du bei mir bleiben."

„Thanks, Jan!" Ich strahlte vor Freude.

Zwei Jahre vergingen wie im Fluge. Während dieser Zeit blieb ich bei Jan, der mich wie seinen Sohn hielt und mich alles lehrte, was ein Fischer für seinen Beruf zu erlernen hat. Ich lernte, wie man Taue spleißt, Netze flickt und wie man mit einem kleinen Fischerboot haushohe Meereswellen im Sturm abreitet.

Am Ende des zweiten Jahres merkte ich, daß mir etwas fehlte. Schließlich fand ich heraus, daß ich mich danach sehnte, als Seemann die Meere zu befahren. Jan hatte sein ehrliches Teil dazu beigetragen, daß mich das Leben eines Fischers nicht mehr länger befriedigte.

Wenn draußen Stürme tobten und an den Grundfesten des Blockhauses rüttelten, hatte Jan mir seine Abenteuer auf hoher See erzählt. Sie waren haarsträubend, kaum glaubhaft. Mehrere Male hatte er Schiffbruch erlitten. Einmal war er Gefangener chinesischer Piraten geworden und konnte erst nach Jahr und Tag wieder frei werden.

Während er erzählte, merkte ich wiederholt, daß er mir etwas verschwieg, und zwar dann, wenn er auf seine Fahrten zur Südsee zu sprechen kam. Geschickt lenkte er dann das Gespräch auf einen anderen Punkt. Ich mochte Jan viel zu gern, als daß ich ihn mit Fragen, die ihm lästig sein konnten, belästigen wollte, und — schwieg.

Aber auch Jan, dem scharfsinnigen Beobachter, entging nicht die in mir vorgegangene Veränderung. Es mußte ihm ja aufgefallen sein, daß ich immer öfter am Ufer des Stillen Ozeans stand, um in der Ferne segelnden Schiffen nachzuschauen. Auch er schwieg lange Zeit hierzu.

Wie stark ich mich damals schon nach der Ferne, nach mir unbekannten Ufern sehnte, konnte er natürlich nicht ahnen. Mehrmals wälzte ich den Plan, Jan heimlich zu verlassen, um mit einem windschnellen Frachtsegler, von denen ich einige Kapitäne und Fahrensleute kannte, ins Unbekannte zu segeln.

Allein, der Gedanke daran, Jan, den ich wie einen Vater liebte, zu verlassen, war mir unerträglich. Er mochte merken, was in mir vorging. Eines Abends, als wir wieder einmal unten am Meeresstrand saßen, segelte ein Vollschiff an uns vorbei und nahm Kurs auf das Weltmeer. Wie gebannt starrte ich hinüber. Ich vernahm das Schlagen der Schiffsglocke, sah, wie einer der Matrosen uns zuwinkte. Da seufzte ich. Jan hörte es, nickte.

„Möchtest mithalten auf dem Segler da drüben?"

„Ja", erwiderte ich freimütig, „aber nicht ohne dich."

Er sah mich an — schwieg. Ohne es zu wollen, hatte ich gesagt, was ich seit einiger Zeit plante: Jan zu bitten, daß er mir zuliebe noch einmal auf Große Fahrt ginge.

Er mochte ahnen, daß er mich nicht mehr lange zurückhalten konnte. Vielleicht wollte er wirklich selber nochmals losstürmen, jedenfalls stürzte mich seine Antwort in ein Meer seltsamster Gefühle. Er sagte nämlich:

„Ich habe es mir überlegt, es ließe sich einrichten."

„Daß wir zusammen auf Große Fahrt gehen?" platzte ich heraus.

Er nickte.

„Ja, das meine ich."

„Jan", rief ich, außer mir vor Freude, „du wolltest wirklich?"

Er stand auf und klopfte seine Stummelpfeife an dem grauen, glatt polierten Felsen aus, auf dem wir saßen.

„Warum nicht, he? Ich habe da eine Idee. Bleib noch hier und laß mich allein nachdenken. So was will reiflich überlegt sein. Siehst du das Licht in der Hütte aufflammen, dann komm nach."

Schleppenden Schrittes wandte er sich dem Blockhaus zu. Ich sah ihm nach, bis er die schwere Tür hinter sich zuzog. Alles in mir fieberte. Wie, sann ich, wenn er es wahrmacht und mich mit auf Große Fahrt nimmt? Wie verzaubert blickte ich aufs nahe Meer. Der Widerschein der untergehenden Sonne ließ seine Wellen wie flüssiges Gold erscheinen.

Auch in mir loderte ein Feuer. Es war die Flamme des Fernwehs der Jugend. Stunden vergingen. Schwarze Schatten überwölbten jählings das Purpur des Abendrotes. Es war, als ob die Frühlingsnacht tief und schwer atme. Sozusagen aus grauer Vergangenheit erwuchsen mir neue Lebenskreise, und mein Dasein erneuerte sich irgendwie, denn hellklar, beseligend überkam mich die Gewißheit: Jan und ich, sicher würden wir auf Große Fahrt gehen!

Da — im Blockhaus flammte das Licht auf. Leichtfüßig rannte ich auf die Hütte zu.

Das goldene Geheimnis
und wie ich alles erfuhr

Ich fand Jan in seiner alten, eisenbeschlagenen Seemannstruhe herumkramen, die er Tag und Nacht verschlossen hielt. Beim Eintreten sah ich ein altes, verblichenes Stück Papier neben einer abgegriffenen ledernen Brieftasche liegen, zwei Gegenstände, die mir bisher nie zu Gesicht gekommen waren. Das Stück Papier ähnelte einer Landkarte, schien aber von Hand gezeichnet zu sein.

Jan hörte mich kommen. Er nahm beides, die Karte und die Brieftasche, und ließ sie rasch in der Truhe verschwinden, die er sorgsam verschloß. Den Schlüssel dazu steckte er in die Tasche.

„Ich kramte mal wieder, Pietro", sagte er wie entschuldigend. „Denk dir nichts dabei. Jeder Mensch hat eben Dinge, Andenken, mit denen er manchmal stumme Zwiesprache hält."

„Ja freilich", erwiderte ich, schwieg mich aber sonst aus. Insgeheim wartete ich darauf, daß Jan das Gespräch vom Strand fortsetzen würde.

Ich wartete vergebens.

In dieser Nacht tat ich kaum ein Auge zu. Jans Andeutungen, möglicherweise wieder mit mir zur See zu fahren, beschäftigten mich. Auch der alte Fahrensmann verlebte eine unruhige Nacht, wälzte sich neben mir auf seinem Lager hin und her. Dabei führte er Selbstgespräche, deren Inhalt mich aufhorchen ließ.

Am nächsten Tag hütete ich mich, ihn darauf anzusprechen. Es war ein Sonntag, Jan und ich besuchten die Kirche in San Franzisko und schlenderten später am Strand entlang. Abends sagte mir Jan, er versuche alte Freunde aus seiner Fahrenszeit in der Blauen Eule zu treffen; ich könne ihn begleiten.

Die Schankwirtschaft Zur Blauen Eule war eine gutbesuchte Seemannskneipe in der Nähe des Fischereihafens. Ich hatte Jan schon öfter dorthin begleitet. Es war ein langgestreckter, niedriger Schankraum, meistens rauchdurchzogen; urgemütlich, wenn nicht gerade unter Matrosen eine Rauferei stattfand. Mein alter Freund traf dort manchmal Käptn Frank Kelly, unter dem er zuletzt als Schiffszimmermann gefahren war. Beide Männer verband jetzt enge Freundschaft.

Die Kneipe war an diesem Abend gut besucht. Ich ließ meinen Blick über die Tische gleiten. Rauhe, abenteuerlich aufgeputzte Menschen saßen dort, auch einige Halbblütige und ein steinalter Vollblutindianer.

Jan zog mich zu einem kleinen Tisch in einer der meistens besetzten Wandnischen, wo wir ungestört miteinander plaudern konnten. Es war der Tisch, an dem Käptn Kelly zu sitzen pflegte, wenn er Zur Blauen Eule kam, um ein Glas steifen Grog zu trinken und etwas zu klöhnen.

Ich verehrte den Gewaltigen, der stets in einer abgetragenen, aber blitzsauberen Kapitänsuniform erschien. Zumal da ich längst gemerkt hatte, daß er auch für mich etwas übrig hatte. Einmal — an meinem 15. Geburtstag — verstieg er sich dazu, mich in die Wange zu kneifen, und dann schlug er mir mit seiner breitgefügten Seemannspranke auf die Schulter.

Käptn Frank Kelly war nicht da. Joe, der alte weißhaarige Kellner, brachte Jan das Bestellte: zwei steife Grogs. Ich stutzte. Bisher hatte ich keinen Grog trinken dürfen.

Jan sah es, lächelte.

„Dein erster Grog, Pietro", sagte er. „Zur Feier des Tages! Oder weißt du nicht, daß du heute deinen sechzehnten Geburtstag hast?"

Richtig, diese Tatsache hatte ich übersehen. Mit einer gewissen Ehrfurcht trank ich das bauchige Glas leer. Das Blut stieg mir zu Kopf — ich hatte noch nie Alkohol getrunken. Der Grog belebte mich.

Auch Jan mochte es so ergehen. Er rückte näher, dann sah er sich um.

Der Tisch in der nächsten Nische war von Fahrensleuten besetzt; einige grölten und sangen Seemannslieder. Einer von ihnen schwieg, ein hochgewachsener, schwarzhaariger

Mann, dessen Gesicht mir abgewandt war. Ich merkte, daß Jan mir etwas Wichtiges sagen wollte. Offenbar sollten es keine fremden Ohren hören; er rückte noch näher. Der schmalbrüstige Geiger auf dem winzigen Podium geigte, als ginge es um sein Leben. In einer Ecke der Kneipe wurde getanzt; ich achtete kaum darauf.

„Ich schlief schlecht die letzte Nacht, Pietro", begann Jan.

„Das weiß ich."

„Hast du etwas verstanden? — Ich weiß, daß ich oft im Traum laut vor mich hinquassele."

Ich nickte.

„Freilich", gab ich nur zu, „du erzähltest etwas von Millionen und einer Insel und der Südsee."

Jans schwere Hand packte die meinige und preßte sie hart.

„Sprich leiser, Pietro!" mahnte er. „Davon darf hier niemand etwas hören! Blick um dich, es sind rauhe Burschen, die hier sitzen. Wahre Seelenverkäufer sind darunter. Erführen sie mein goldenes Geheimnis, so hefteten sie sich wie Kletten an meine Fersen. Ich wäre meines Lebens nicht mehr sicher."

„Was, ein goldenes Geheimnis?" fragte ich flüsternd. Er nickte. „Ja!"

„Du weißt also etwas von einem Millionenschatz?"

„Gewiß! Und so wahr ich hier neben dir sitze — es gibt ihn! Schon lange wollte ich dir davon erzählen. Jetzt, nachdem du sechzehn Jahre alt geworden bist, magst du meine Geschichte hören. Und glaube mir: so abenteuerlich sie in deinen Ohren klingen mag, jedes Wort davon ist so wahr wie das Amen in der Kirche."

Jan hatte diese Worte mit großem Ernst, aber ganz leise gesagt, wobei er einen scheuen Blick auf unsere Tischnachbarn warf. Aber ich überzeugte mich durch einen Seitenblick, daß sich die fremden Seeleute überhaupt nicht um uns kümmerten. Es trat jetzt eine braunhäutige Tänzerin auf, und alle johlten, als sie zu tanzen begann, auf der Geige begleitet von dem hageren jungen Geiger, der immer vor sich hinhüstelte.

Jan klopfte an sein leeres Glas, ließ es von neuem füllen und stopfte sich eine Pfeife. Heftig qualmend, begann er mit seiner Erzählung.

„Komisch, aber wahr, Pietro, heute wurdest du sechzehn, und heute vor dreißig Jahren — man schrieb das Jahr achtzehnhundertzehn — erlitten wir mit der Juan Juarez, einem prächtigen Vollschiff, Schiffbruch in der Südsee, tausend Meilen von der Insel Tahiti entfernt. Es geschah einige Tage später, nachdem wir die Gesellschaftsinseln passiert hatten. Wir gerieten in einen orkanartigen Sturm, der den Untergang der Juan Juarez herbeiführte.

Der schnelle Frachtsegler befand sich auf der Fahrt von Kapstadt nach Brisbane in Australien und hatte Edelhölzer geladen. So stand es im Logbuch der Juan Juarez zu lesen. Aber nicht darin vermerkt war, daß in der Kajüte des Kapitäns Orlando eine Anzahl Kisten aus Teakholz standen, bis zum Rande mit Goldbarren und Rohdiamanten aus Südafrika gefüllt."

Jan nahm einen Schluck aus seinem Glas.

„Wie kamst du denn hinter das Geheimnis der Kapitänskajüte?" entfuhr es mir.

Der alte Seemann senkte seine Stimme noch mehr, als er meine so nahe liegende Frage beantwortete.

„Das erfuhr ich durch Chang Wang, unseren chinesischen Schiffskoch; denn wir waren miteinander befreundet. Es durfte niemand die Kapitänskajüte betreten, als aber der Schiffsgewaltige unterwegs an einem hitzigen Fieber erkrankte, mußte er gestatten, daß der gelbe Koch ihn pflegte. An einem Abend nun, bevor wir die Gesellschaftsinseln passierten und der Kapitän mit hohem Fieber in seiner Koje lag, sah der Koch ein kleines Schlüsselbund hinter dem Kopfkissen hervorlugen.

Er nahm es und probierte die Schlüssel aus. Sie paßten zu den Schlössern der geheimnisvollen Kisten. Nacheinander öffnete er die Kisten und entdeckte ihren kostbaren

Inhalt. Chang Wang, als ehemaliger Schmuggler ein guter Kenner von Diamanten, schätzte ihren Inhalt auf zwei Millionen Dollar.

Aufgeregt kam er zu mir. Als ich seine Angaben bezweifelte, nahm er mich in die Kapitänskajüte mit und ließ mich selber einen Blick in die Kisten werfen. Da wußte ich, daß Chang Wang nicht geflunkert hatte. Unser Glück war, daß der Kranke nichts von unserem Spionieren merkte. Wir hätten sicher den nächsten Tag nicht mehr überlebt.

Wie du verstehst, sagten wir der übrigen Mannschaft nichts, denn darunter gab es einige gefährliche Typen, denen man das Allerschlimmste zutrauen konnte.

Übrigens paßte Kapitän Roberto Orlando durchaus zu dieser bunt zusammengewürfelten Mannschaft. Chang Wang entdeckte Orlandos Tagebuch und ließ es mich heimlich lesen. Es schaudert mich heute noch, denke ich daran, was für einen Kapitän wir hatten.

Er hatte jahrzehntelang Waffen-, Diamanten- und Menschenschmuggel betrieben und war dabei steinreich geworden. Nun hatte er damit Schluß machen wollen. In Kapstadt hatte er Wertpapiere und sonstiges in handfeste Goldbarren und Diamanten eingetauscht, um damit nach seiner Ankunft in Australien, wo er die Juan Juarez verkaufen wollte, das Leben eines vornehmen Herrn und Großgrundbesitzers zu führen. Dann wäre er fern von jenen Weltzonen gewesen, die er bisher als gefürchteter Schmugglerkapitän unsicher gemacht hatte."

„Ein toller Kerl, dieser Orlando!" entfuhr es mir.

Jan nickte.

„Aber der Mann kam nie dazu, seinen Fuß auf australischen Boden zu setzen", erzählte er weiter. „Jener Orkan in der Südsee setzte den Punkt hinter sein gräßliches Leben. Unter dem Prankenhieb einer gewaltigen, wohl durch ein unterirdisches Erdbeben hervorgerufenen Springflut, brach die Juan Juarez in zwei Teile auseinander. Noch höre ich die Todesschreie der Besatzung.

Die gleiche Sturzflut, die meinen Kameraden das Verderben brachte, fegte mich vom Oberdeck ins Meer. Als ich wieder auftauchte, schoß eine unserer Jollen vorüber. Mit letzter Kraft schwang ich mich hinein. Die Wogengewalt schleuderte sie derart hin und her, daß ich die Besinnung verlor. Hätte ich mich nicht rasch vorher mit einem Tau an die Ruderbank gebunden, wäre ich verloren gewesen. Wer beschreibt meine Überraschung, als ich wieder munter wurde!

Chang Wang, der Schiffskoch

und der Millionenschatz

Es war taghell und das Meer ruhig. Die Sturzflut war fortgezogen. Da erkannte ich, was geschehen war: Gleich meiner Jolle hatte die gewaltige Wasserflut den hinteren Teil der Juan Juarez mit der Kapitänskajüte und den Vorratskammern bis hierhergetragen und dicht vor einer subtropischen Insel zwischen ragende Klippen geworfen.

Eine unsichtbare Meeresströmung half mir, die leichte Jolle zum Inselufer zu bringen, wo ich sie an einem Mangrovengebüsch festband. Schon hier fiel mir der unvorstellbar üppige Pflanzenwuchs dieser Insel auf, der ganze sinnverwirrende Reichtum an buntgefiederten Singvögeln und die Menge gleichfalls herrlich anzusehender Papageien, die Strand und Wald bevölkerten.

Ich sah mich nach Überlebenden um. Ich warf einen langen Blick auf das Meer. Draußen vor der Inselbucht erkannte ich dunkle schwimmende Punkte. Es waren leere Fässer, die, von der Strömung mitgerissen, um die Insel herumtrieben und meinem Blick entschwanden."

„Gott sei Dank, wenigstens du warst gerettet, Jan", sagte ich.

Der alte Seemann lächelte.

„Es gab noch einen Überlebenden: Chang Wang, den Schiffskoch", berichtete Jan weiter. „Auch er hatte sich retten können. Rittlings auf einem losgerissenen Edelholzstamm sitzend, hatte er sich festgebunden und war bis hierher getragen worden. Der Chinese lag laut schnarchend hinter einer riesigen Königspalme. Ich weckte ihn. Aufjubelnd fielen wir einander in die Arme. Hernach erzählten wir einander unsere Erlebnisse.

Da es noch heller Tag war, fuhren wir mit der Jolle zum Schiffsrumpf und untersuchten das Wrack. Wir stießen auf eine unbeschreibliche Verwüstung. Natürlich suchten wir zuerst die Kapitänskajüte auf. Der Raum war durchnäßt, denn die Wogengewalt hatte das Skylight zerschmettert. Es war alles vorhanden, aber in der Koje war kein Mensch; der wieder gesund gewordene Kapitän hatte ebenfalls den Tod gefunden.

Da wir gräßlichen Hunger hatten und noch einen viel schlimmeren Durst, brachen wir einer Flasche Tokaier, einem süßen Ungarwein, den Hals. In den Vorratskammern fanden wir ganze Fässer mit Pökelfleisch, hartem Schiffsbrot und anderen kostbaren Lebensmitteln, wie Erbsen und Reis. Dann drängte Chang Wang darauf, daß wir uns nach den Teakholzkisten in der Kajüte des Kapitän Orlando umsähen.

Sie waren unversehrt vorhanden. Wir beide blickten einander an, hatten wir doch dem Tagebuch Orlandos entnehmen können, daß er keine Verwandten mehr besaß.

Chang Wang atmete auf einmal schwer.

‚Dann sind wir beide jetzt die rechtmäßigen Erben dieses Millionenschatzes‘, kam es stoßweise von seinen Lippen.

Ich nickte dazu. Ehrlich gestanden: der Schatz interessierte mich damals so gut wie gar nicht, da ja keine Aussicht bestand, ihn in ein zivilisiertes Land, nach Australien oder Amerika zu schaffen. Trotzdem gab ich sofort meine Zustimmung, als Chang Wang mit heiserer Stimme befahl, das Gold und die Diamanten auf die Insel zu schaffen.

Kurzum, wir brauchten viele Tage, bis wir den Inhalt der Kisten und die Kisten selber sowie alle übrigen Lebensmittelvorräte an Land geschafft hatten. Wir zimmerten im Schatten uralter Mangrovenbäume eine Unterkunft, wozu uns angeschwemmte Edelhölzer und hölzerne Wrackteile das Material lieferten."

„Spülte die See auch Tote an Land?" erkundigte ich mich.

Jan nickte.

„Zwei Leichtmatrosen, den Schiffsjungen und Kapitän Orlando. Wir gruben ihnen das gemeinsame Grab am Strand, und ich richtete darüber ein von mir gezimmertes Kreuz auf, in das ich die Namen der Toten einkerbte."

„Das war gut, Jan!" sagte ich.

„Gewiß, aber ich hätte Jahre meines Lebens dafür gegeben, wenn wir wenigstens den kleinen Schiffsjungen lebend angetroffen hätten, von dem ich wußte, daß er an seiner Mutter innig hing. Er stammte aus Kapstadt.

Das Schiffswrack versank beim nächsten Wettersturm ins Meer. Ich hatte wenigstens zuletzt noch das Logbuch der Juan Juárez, das Tagebuch Orlandos und eine englische Bibel gerettet, die ich in der Unterkunft des Ersten Steuermanns fand. Mit den übrigen geretteten Papieren hütete ich das alte Bibelbuch wie einen kostbaren Schatz. Wenn du es wissen willst", setzte Jan leise hinzu, „diese Erinnerungsstücke an jene Katastrophe lagern in meiner Truhe."

So wußte ich nun endlich, was für Kostbarkeiten dieselbe enthielt.

„Ich leugne nicht", erzählte der alte Seemann weiter, während er sich wieder eine Pfeife anzündete und erneut heftig zu qualmen begann, „daß mich die Tatsache, auf ein einsames Eiland verschlagen worden zu sein, heftig erschütterte. In dieser Not kam ich auf die verständliche Idee, die Heilige Schrift, für welche Chang Wang natürlich keinen Blick übrig hatte, zu lesen. Meine Mutter hatte mich einst beten gelehrt, aber später hatte ich es unter rauhen Fahrensmännern vergessen. Wenn es dem Menschen gut geht, vergißt er oft nur zu gern Gott. In der Not aber wendet sich der Mensch doch wieder an ihn. So war es auch bei mir. Ich lernte damals auf der Papageieninsel — so nannte ich sie wegen der Scharen von Papageien, die sie bevölkerten — wieder aus tiefstem Herzensgrund beten und in der Bibel lesen. Zugleich wurde mir die Erkenntnis, daß ich verpflichtet war, mein hartes Geschick geduldig zu ertragen."

„Wie stellte sich Chang Wang denn nachher zu dir?" wollte ich wissen. „Sicher ging auch er in sich."

Jan schüttelte sein graues Haupt.

„Alles andere als das. Wang hatte zwar vom Evangelium gehört, war jedoch innerlich Heide geblieben. Ich merkte sehr bald, was er in Wahrheit anbetete."

„Oho, doch nicht das Gold?"

„Doch! Orlandos Goldbarren und die Diamanten! Wang war geizig bis zur Selbstaufgabe. Er trieb sich ständig vor dem Felsüberhang herum, wo wir die Goldkisten regensicher verstaut und unter Gezweig verborgen hielten. Ich fand sein Gebaren lächerlich und sagte es ihm. Wütend fuhr er auf mich los.

‚Merk dir's, Jan', herrschte er mich an, ‚richte dich danach: Orlandos Gold und Diamanten fand ich als erster, und deshalb gehören sie mir ganz allein!'

‚Mach dich nicht lächerlich, Wang', entgegnete ich, ‚ein seetüchtiges Boot wäre mir tausendmal lieber als Orlandos Räuberschatz. Mich interessiert er nicht.'

Das war deutlich genug geantwortet, aber Wang glaubte mir nicht und begann jetzt, alle meine Schritte argwöhnisch zu bewachen.

Bald erkannte ich, daß der Gierige mir sogar nach dem Leben trachtete.

Wir hatten von Bord der Juan Juarez Kapitän Orlandos Gewehr mit Kugeln an Land gebracht. Wang, ein ausgezeichneter Schütze, übernahm es, in den wildreichen Wäldern der Insel zu jagen, wobei ich ihn stets begleitete. Es gab da wilde Tauben, wilde Ziegen, die aus einem uns unbekannten Grund einst hier ausgesetzt worden waren.

In den dichten Laub- und Nadelwäldern wimmelte es von ihnen, und sie lieferten ein schmackhaftes Fleisch.

Chang Wang drehte sich auf einer solchen Jagd plötzlich um und schoß auf mich. Glücklicherweise ging die Kugel fehl, sie streifte mich fast. Sein starrer, auf mich gerichteter Blick verriet mir schlagartig seinen grenzenlosen Haß, der meinen Tod forderte. Ich bat ihn, diesen Unsinn zu lassen. Statt einer Antwort schoß er ein zweites Mal auf mich.

Da sprang ich auf ihn zu, um ihm das Gewehr zu entreißen. Er wehrte sich verzweifelt. Wir rangen miteinander. Es war ein Ringen auf Tod und Leben. Wang war schwächer als ich, jedoch von einer erstaunlichen Gewandtheit. Schließlich machte ich mich frei. Einen Baum als

Kugelfang benutzend, rief ich Wang zu, daß ich mich von ihm trennen werde. Klatschend fuhr eine Kugel als Antwort in den schützenden Baum.

Ich hetzte hinunter zum Strand. Aus unseren Vorräten an Lebensmitteln und Geschirr nahm ich mit, was ich unbedingt brauchte, dann suchte ich eine Höhle auf, die ich kurze Zeit vorher oben im Fels entdeckt hatte. Da ich sie Wang noch nicht gezeigt hatte, fühlte ich mich einigermaßen sicher.

Doch mußte ich ständig vor dem Gelben auf der Hut sein. Hörte ich, daß Wang hoch im Inselwald nach wilden Ziegen schoß, rannte ich zum Strand und holte, was ich brauchte, damit ich nicht allzusehr hungern mußte. Dabei fand ich heraus, daß Wang die Kisten mit dem Gold und Diamanten anderswo versteckt hielt. Es fiel mir nicht im Traum ein, nach ihnen zu suchen. All meine Gedanken beschäftigten sich damals nur damit, möglichst schnell von Chang Wang und dem Eiland wegzukommen.

Der Chinese hatte schließlich doch meine geräumige unterirdische Höhle entdeckt. Er lauerte mir auf und schoß auf mich, sobald er mich sah. Mir wurde klar, daß es so oder so ein Ende nehmen würde. Wenn ich auch einen zweiten Kampf mit dem Schiffskoch nicht fürchtete, so scheute ich doch die möglichen Folgen einer handgreiflichen Auseinandersetzung; einer von uns beiden mußte notgedrungen das nächstemal auf der Strecke bleiben. Kein Wunder, daß ich beinahe Tag und Nacht nach einem vorbeifahrenden Segler Ausschau hielt.

Unglaublich, aber wahr — inzwischen waren fast drei Jahre vergangen."

„Dieser Chang Wang!" sagte ich. „Er wollte also unbedingt den Schatz für sich haben?"

„Ja, sein Plan war, als alleiniger Besitzer von Orlandos Schatz eines Tages mit Hilfe eines vorbeifahrenden Seglers sein Inseldasein zu beenden. Ich sollte vorher sterben. Zum Glück für mich wimmelte es in der engen Felsenschlucht, die ich auf dem Weg zu meiner Höhle passieren mußte, von einer giftigen Schlangenart. Während es mir immer gelang, sie zu verscheuchen, gab Wang vor jeder Giftschlange Fersengeld, denn er fürchtete Schlangen wie die Pest. Ich merkte später, daß er sich bis zum Eingang der Schlangenschlucht wagte, dann jedoch umkehrte. So ist es erklärlich, weshalb ich so lange Zeit seinen Nachstellungen entging."

„Gott sei Dank!" sagte ich, ganz gepackt von Jans Schilderung.

Jan lächelte. „Was hernach geschah", fuhr er fort, „mag dir zeigen, daß ich die christliche Mahnung, seinem Feind zu vergeben, wörtlich nahm:

Ich stand einmal gerade auf einem Punkt der Insel, von dem aus ich eine weite Sicht übers Meer hatte. So konnte mir der schnelle Segler nicht entgehen, der auf die Insel zuhielt. Mit bloßem Auge sah ich, wie in einiger Entfernung von den gefährlichen Riffen das Schiff stoppte, eine bemannte Jolle heruntergelassen wurde und diese direkt auf den Inselstrand zuschoß. Ich rechnete aus, daß sie eine Stunde benötigten, bis sie heran wären. Nur kurz zögerte ich, dann beschloß ich, aller Feindschaft zum Trotz Chang Wang herbeizurufen.

Ich packte in der Höhle zusammen, was ich mitnehmen wollte, und schleppte es zum Strand. Vergebens sah ich mich nach Wang um. Er war fort, die Unterkunft war leer, das Gewehr fehlte. Da nahm ich an, daß Chang Wang wilde Ziegen jagte. Als ich mich dem Strand näherte, entdeckte ich einen funkelnden Diamanten im gleißenden Ufersand, hob ihn auf und steckte ihn in die Tasche. Wang mochte ihn verloren haben. Ich wollte ihn als Andenken mitnehmen. Jetzt legte ich beide Hände an den Mund und wollte nach Chang Wang rufen, da sah ich die fremden Seeleute den Strand betreten.

Sie entdeckten das Wasser des Waldbaches, das sprudelnd über nackte Felsen ins Meer stürzte, rollten einige leere Fässer heran und ließen sie vollaufen. Ich rannte auf sie zu. Mit vor Aufregung zitternder Stimme erzählte ich dem bärtigen Steuermann meine Umstände. Die Kisten mit dem Gold und Diamanten ließ ich unerwähnt, dagegen bat ich Mr. Oliver Farnwell — so hieß der Steuermann des Seglers —, meinen Leidensgenossen Chang Wang mitzunehmen und auch mir einen Platz auf seinem Segler zu gönnen.

Der Steuermann blickte auf seine Uhr, sah, daß die Seeleute bereits alle gefüllten Wasserfässer im Boot verstaut hatten.

‚Mann', entgegnete er rauh, ‚sei froh, daß wir dringend Frischwasser benötigen. Mußten einen Sturm abreiten und verloren dabei eine halbe Woche Zeit. Käptn Kalgoorie steht drüben an Deck und wartet schon ungeduldig auf unsere Rückkehr. Rasch, deine Habseligkeiten ins Boot! Es liegt an Mr. Kalgoorie, ob er deinen gelben

Schiffskoch mit einem Kanonenschuß 'ranholen will. Für Gelbe hat er wenig übrig, seit er einmal in der Chinesischen See übel behandelt worden ist.'"

„Haben sie die Kanone abgefeuert?" platzte ich heraus.

„Ja, das schon", berichtete Jan weiter, „aber Chang Wang ließ sich nicht sehen. Wahrscheinlich befand er sich auf der anderen Seite der Insel. Bis er, falls er den Schuß gehört hätte, heran war, konnte die Diana natürlich nicht warten. Der Segler wollte nach San Franzisko. Ich glaube aber, daß Kapitän Kalgoorie doch Zeit genug gehabt hätte, wenn ich ihm verraten hätte, was auf dieser Insel an Geld und Geldeswert in drei Kisten lagerte.

Ich fand später heraus, daß ich richtig gehandelt hatte, als ich den Schatz verschwieg: Mr. Kalgoorie war so geizig wie Chang Wang. Um einige hundert Dollar einzusparen, bekam die Mannschaft schlechtes Essen, und mir, den er als Vollmatrosen übernahm, gab er eine unverschämt niedrige Heuer."

Der fremde Lauscher

und Jans vergilbte Seekarte

Nachdem Jan seine Erzählung beendet hatte, merkte ich erst, daß der Geiger nicht mehr spielte und niemand mehr tanzte. An unserem Nachbartisch herrschte eine ungewöhnliche Ruhe. Nicht nur das, sondern mir kam es vor, als ob der uns zunächst sitzende schwarze Mann seinen Kopf allzusehr nach hinten beugte. Es sah ganz so aus, als hätte er, der uns den Rücken zuwandte, versucht, Jans Erzählung mitzuhören.

„Jan", flüsterte ich, „fändest du die Papageieninsel wieder? Würdest du sie besuchen wollen?"

Jan entnahm seiner Brieftasche das abgegriffene Stück vergilbtes Papier, das ich vor kurzem in der Blockhütte auf dem Tisch hatte liegen sehen und das Jan nachher sorgfältig in die Truhe schloß. Er breitete die Karte vorsichtig aus. Voller Neugier betrachtete ich sie.

„Die habe ich noch auf der Insel gemacht, Pietro", erklärte er mit leiser Stimme. „Das Papier dazu fand ich in der Bibel des ertrunkenen Steuermanns von der Juan Juarez. Du hast ja im Kloster gelernt, Seekarten zu lesen. Hier, ein Blick auf diese Zeichnung kann dich überzeugen, daß ein kundiger Navigator das kleine Eiland unschwer finden kann. Drei Jahre Aufenthalt dort gaben mir außerdem die Gewißheit, daß die Papageieninsel sehr alt ist. Das erkennt man schon an ihren Wäldern, in denen ich jahrhundertealte Bäume fand. Inseln dieser Art versinken nicht so bald im Meer, selbst in der Südsee nicht."

Der Gedanke, daß dieses kleine Eiland mit den Goldkisten noch existieren könne, ließ mich nicht mehr los. In meiner Phantasie malte ich mir aus, was für ein Ereignis es sein müßte, diese Insel anzusteuern und unter Führung meines Freundes Jan die geheimnisvolle unterirdische Höhle aufzusuchen.

Dabei war es für mich ausgemacht, daß Chang Wang allen Schlangen zum Trotz nach Jans Verschwinden von der Insel dessen Höhle besucht hatte. Später hatte er die drei Teakholzkisten mit den Goldbarren und Diamanten irgendwo gelagert, wo sie von etwa später landenden Seefahrern nicht so rasch bemerkt wurden. Ich war begierig, Jans Meinung hierüber zu erfahren.

„Du kehrtest wohl nie mehr zu dieser Insel zurück?" fragte ich.

Der alte Seemann schüttelte den Kopf.

„Natürlich nicht", erwiderte er, „wozu auch? Als Schiffszimmermann verdiente ich, was ich brauchte. Verwandte habe ich nicht, mit denen ich den Reichtum hätte teilen können. Hätte ich aber einen Kapitän dazu gebracht, mit mir zur Insel zu fahren, um Orlandos Gold und Diamanten zu holen, wer garantierte mir, daß der Schatz nachher gerecht verteilt wurde? Und Kapitän Frank Kelly, ja, den lernte ich erst die letzten fünf Jahre meiner Fahrenszeit kennen. Aber ich war über sechzig, und sag selbst, was sollte ich da noch mit großen Reichtum anfangen?"

„Freilich, du hast keine Verwandte, denen du eines Tages das große Erbe hinterlassen könntest."

Jan schenkte mir einen langen merkwürdigen Blick. Dabei glitt ein kleines verschmitztes Lächeln über seine wetterharten Züge.

„Dieser Mangel wäre ja jetzt behoben: ich habe dich", meinte er.

Es machte mich glücklich, wieder einmal zu erkennen, wieviel ich dem alten Mann bedeutete. Innerlich brannte ich lichterloh. Mich reizte nicht so sehr der vielleicht noch vorhandene Millionenschatz, sondern das — Abenteuer.

„Ich glaube", fuhr Jan fort zu erzählen, „daß Chang Wang nachher in meiner Höhle hauste. Denn damals, als ich die Höhle hastig verließ, verlor ich eine Wollmütze, ein buntes Taschentuch und einen Hanfstrick, alles Dinge, die Wang gut gebrauchen konnte und die ihn durchaus dazu verleiten konnten, den von mir benutzten Pfad zur Höhle bis zum verborgenen Eingang zu verfolgen. Für mich ist es ausgemacht, daß Wang die Goldkisten in meine Höhle brachte. Nicht gewiß bin ich mir, ob er nicht doch die Möglichkeit gehabt hätte, rechtzeitig mit mir an Bord der Diana zu gehen, samt dem Schatz.

Ich halte es dagegen für wahrscheinlich, daß der Chinese bewußt darauf verzichtete, denn einmal mit mir und dem Gold und den Diamanten an Bord des Seglers, hätte er todsicher mit mir, ja sogar mit dem Kapitän Kalgoorie und der übrigen Mannschaft teilen müssen. Denk daran, daß Chang Wang vom Geizteufel besessen war und daher lieber auf eine Gelegenheit wartete, allein an Bord eines vorüberfahrenden Schiffes zu gehen. Auf diese Weise konnte er sich wenigstens meinen Schatzanteil sichern."

„Glaubst du, daß Chang Wang sich heute noch auf der Insel befindet, also auch das Gold und die Diamanten?" fragte ich.

Jan blickte sich argwöhnisch um. Der Lärm hatte wieder zugenommen, da die Stunde schon weit vorgerückt war. Es mochte auf elf Uhr nachts gehen. Der Tisch neben uns war noch immer besetzt. Es waren sogar neue Gäste hinzugekommen.

„Daß sich Chang Wang und die drei Kisten noch auf dem Eiland befinden", erwiderte der alte Fahrensmann, „habe ich schließlich doch bezweifelt und daher Frank Kelly, dem Kapitän, auch nichts von dieser Sache gesagt. Wohlgemerkt — das war bis vor kurzem!"

Ich beugte mich vor.

„Willst du damit sagen", raunte ich ihm erregt zu, „daß du jetzt vom Gegenteil überzeugt bist?"

Jan lächelte und faltete die alte Seekarte zusammen, die er mitsamt seiner Ledertasche in seiner Schifferjacke barg.

„Ja, genau das!"

„Toll!" entfuhr es mir.

„Und deswegen bin ich überzeugt, weil ich vor einigen Tagen in San Franzisko Chang Wangs ältere Schwester Fu Lei traf!"

„Wußtest du denn, daß Chang Wang eine Schwester hatte, die hier lebte?"

Jan nickte.

„Ja, von Chang Wang selber, der mir auch erzählte, wo sie hier wohnte. Als ich damals vor dreißig Jahren aus der Südsee zurückkehrte, fand ich sie nicht, weil sie inzwischen wieder nach China zurückgekehrt war.

Kannst dir denken, daß ich nun mit ihr eine lange Aussprache hatte. Alles erzählte ich ihr von ihrem Bruder, alles. Sie bat mich händeringend und mit Tränen in den Augen, nach ihrem Bruder zu suchen, denn sie wollte ihn vor ihrem Tode noch einmal sehen und sprechen. Gestern", Jan senkte seine Stimme zu einem Flüstern, „als ich ihr zusagen wollte, fand ich sie im — Leichenhaus. Sie war plötzlich einem Herzschlag erlegen. Möglich, daß meine Erzählung sie über Gebühr aufgeregt hat. Bedenke, sie hatte ja dreißig Jahre hindurch nichts mehr von ihrem Bruder gehört. So was nimmt einen alten Menschen mit. Fu Lei gab mir also insofern die Gewißheit, daß Chang Wang nie die Insel verließ, weil er sehr an seiner älteren, einst schönen Schwester hing und sie bestimmt aufgesucht haben würde."

Ich schwieg.

„Pietro", sagte Jan, „jetzt möchte ich aber doch wissen, was aus Chang Wang wurde! Ich sehe es dir an der Nasenspitze an, wie gern du mich auf dieser Fahrt zur Südsee begleiten möchtest. Habe ich recht?"

Ich packte seine Hand, preßte sie.

"Ach, Jan", druckste ich hervor, "nur zu gern!"

"Weiß ich doch, Pietro", murmelte mein alter Freund. "Und in meinem alten Kapitän Frank Kelly hätte ich auch jemand, auf den ich mich verlassen könnte. Der Alte selber ist wohlhabend genug und hätte es nicht nötig, einen alten Fahrensmann, noch dazu seinen einstigen Schiffszimmermann, übers Ohr zu hauen. Und sicher fände er auch eine Brigg, mit der man das Unternehmen starten könnte.

Fragt sich nur, ob wir so rasch die richtige Mannschaft zusammentrommeln können, denn wir haben Frühling, und die Fahrt könnte bei dieser Witterung so glatt wie möglich verlaufen. Ich will bloß hoffen, daß Kapitän Kelly heute noch auftaucht, da könnte ich die Angelegenheit gleich mit ihm besprechen und wüßte, was wir für die nächsten Tage zu tun hätten. Hoppla — da kommt er ja gerade, wie gerufen!"

Mich riß es nur so herum.

Kapitän Kelly

und der Plan des alten Seemanns

Tatsächlich trat in diesem Augenblick Kapitän Kelly in die verräucherte Schankstube, und als er Jan sah, steuerte er sofort auf uns zu. Während er mir zur Begrüßung kurz seine schwere Hand auf die Schulter legte, ließ er sich aufatmend uns gegenüber am Tisch nieder. Die beiden Fahrensleute lächelten einander zu. Prüfend sah Kelly sein Gegenüber an.

„Na, Jan", meinte er, „du machst ja so'n Gesicht! Was hast du denn auf dem Herzen? Nur 'raus mit der Sprache! Handelt es sich um den Burschen da?" Er deutete auf mich. „Was ich für ihn tun kann, falls er wünscht, Fahrensmann zu werden, will ich gern tun. Wünsche ja selber, daß aus unserem Pietro einmal ein ganzer Kerl wird. Einverstanden, Mr. Schiffszimmermann?"

Jan nickte ernst dazu.

„Hast recht, Käptn", erwiderte er, „ich muß tatsächlich etwas Wichtiges augenblicklich mit dir besprechen, wenn es sich auch nicht ohne weiteres um Pietro handelt. Nur fragt es sich, ob hier der richtige Ort ist, daß ich dir von Dingen erzähle, die nicht für jeden bestimmt sind."

Kellys behaarte Rechte schlug leicht durch die Luft.

„Nichts da! Du hast mich jetzt neugierig gemacht", entgegnete er, „jetzt bin ich neugierig zu erfahren, was du an Land ziehen willst. Pietro darf es ja wohl hören, wie?"

„Der weiß sogar schon Bescheid!"

„Schieß los, Jan!" Es klang wie ein Befehl. „Ich höre noch gut, kannst ruhig flüstern. Bei diesem Gefiedel und dem Lärm hier versteht kein Dritter was. Also, was hast du deinem Käptn zu sagen?"

Jan hatte nun keine Bedenken mehr, Kapitän Frank Kelly einzuweihen. Ich hörte schweigend zu, was die beiden Männer miteinander sprachen und schließlich aushandelten. Mr. Kelly schien von dem, was Jan ihm von dem Schiffbruch der Juan Juarez und dessen Folgen erzählte, sichtlich beeindruckt zu sein. Ab und zu warf er eine Frage dazwischen, die bewies, daß er offensichtlich bereit war mitzutun.

Ich freute mich unbändig, behielt aber äußerlich die Ruhe, weil ich alles Aufsehen vermeiden wollte. Auch beunruhigte mich die Tatsache, daß sich der Hagere, der Rücken an Rücken hinter uns saß, nur wenig an der Unterhaltung an seinem Tisch beteiligte. Von ganzem Herzen hoffte ich, daß ihm unser Gespräch, wenigstens in seiner ganzen Zusammenhang, entgangen sei.

Jetzt drehte er sich zum erstenmal um, und ich konnte sein Gesicht deutlich erkennen. Sein pechschwarzer Spitzbart stach grell ab von der gelben Farbe seines Gesichts. Er warf uns einen gewollt flüchtigen Blick zu, worauf er sich wieder umdrehte. Der Bursche gefiel mir ganz und gar nicht, aber ich hätte schwören mögen, daß ich sein Gesicht nicht so bald vergessen würde. Inzwischen studierte Käptn Kelly Jans vergilbte Seekarte und gab sie ihm zurück.

„Jan", sagte er langsam, jedes Wort betonend, „die Sache gefällt mir. Ich glaube selbst, daß sich Chang Wang und die drei Kisten noch auf diesem Eiland befinden. Wäre der Chinese weggekommen, würde er die Schwester hier in San Franzisko oder in China bestimmt aufgesucht haben. Ich sehe nicht ein, weshalb die Kisten verschwunden sein sollen. Lebt Chang Wang wirklich noch, ist er weit älter als wir beide und wahrscheinlich total verwildert. Deine Insel liegt abseits vom gewöhnlichen Kurs, so daß es möglich erscheint, daß seit dem Anlegen dieser Diana kein Segler mehr dort vor Anker gegangen ist.

Ich bin mit von der Partie. Komm morgen im Lauf des Tages zu mir. Gleich morgen früh sehe ich mich am Hafen nach einem Schiff um. Wenn es schon zur Südsee gehen soll, dann so rasch wie möglich!"

„Verlaß dich auf mich, Käptn", erwiderte Jan, „ich komme, und Pietro soll mich begleiten."

Beide erhoben sich, nachdem sie ihre Gläser geleert hatten. Sie beglichen bei Joe, dem Kellner, ihre Rechnung. Vor der schwach erleuchteten Tür der Blauen Eule trennten wir uns von Kapitän Kelly mit Handschlag und machten uns auf den Heimweg durch das nächtlich stille San Franzisko. Ein gespenstig roter Mond hing am Nachthimmel, der von leuchtenden Sternen übersät war. Als wir uns Jans Blockhaus am Meeresufer näherten, hörte ich das Rauschen des Ozeans, als sei es der Lockruf der Südsee.

Jan brauchte diesmal länger als sonst, bis er die Tür aufschloß. Er schien einsilbig und sehr in Gedanken. Ich scheute mich, ihn zu stören. Als ich hinter ihm eintrat, drehte ich mich noch einmal um; ich glaubte, das Geräusch leiser Schritte gehört zu haben.

Und wirklich, mir war, als sähe ich für einen kurzen Moment nahe dem Werkzeugschuppen den huschenden Schatten eines Mannes. Ich blieb stehen, aber da sich weder etwas sehen ließ noch rührte, gab ich mich zufrieden und schloß die Tür hinter uns ab.

Während Jan noch bei brennendem Licht am Tisch saß, über die alte Seekarte gebeugt, begab ich mich zur Ruhe und schlief bald ein.

Es mochte nach Mitternacht sein, als ich plötzlich wach wurde. Auf dem Tisch brannte immer noch die Lampe, zur Seite gerückt. Jan saß hemdsärmelig da und häufte Goldstücke und Banknoten, ausgerichtet wie Soldaten. Die Kellerluke stand angelweit offen. Schärfer blinzelte ich hinüber, aber ich sah immer dasselbe: Banknoten und Goldstücke. Es mußte sehr viel Geld sein. Ich bemerkte, wie Jan, seine Umwelt vergessend, angestrengt rechnete. Ich schloß die Augen, fast atemlos vor Erregung. Woher hatte der alte Seemann soviel Geld? Es mochte sich um zehntausend Dollar handeln, vielleicht sogar um einiges mehr. Und wo bewahrte er diesen Reichtum auf? Im Keller, den er stets streng verschlossen hielt.

Während ich noch darüber nachdachte, wozu mein alter Freund das viele Geld gebrauchen möchte, übermannte mich erneut der Schlaf.

In der Frühe sah ich nichts Verdächtiges. Die Kellerluke war verschlossen, und Jan hantierte, leise vor sich hinsummend, am Herd. Das tat er immer, wenn er in besonders guter Stimmung war. Während des Frühstücks — ich erwähnte mit keinem Wort meine nächtliche Beobachtung — begann ich zu glauben, daß alles nur ein Traum gewesen sei.

Der Mann mit dem Spitzbart

und der neue Schiffszimmermann

Es war ein wunderbar frischer Frühlingsmorgen, als wir an unser Tagewerk gingen. Es gab einige schadhafte Fischnetze zu flicken, wobei ich Jan half. Er hatte sich entschlossen, Käptn Kelly erst gegen Abend aufzusuchen.

„Es braucht niemand zu sehen, daß das geschieht", meinte er. „Je sorgfältiger wir unseren Plan der Öffentlichkeit gegenüber geheimhalten, desto sicherer wird er gelingen. Mr. Kelly wird bis zum Abend in der Stadt hinlänglich zu tun haben, wenn er alles erledigen will, was er sich vornahm."

Ich pflichtete ihm darin bei. Insgeheim aber wartete ich ungeduldig auf den Augenblick, wo wir Käptn Kelly sprechen würden.

Von ihm hing es ja entscheidend ab, ob unsere Südseereise bald fällig sein würde.

Jan verschloß sorgfältig die Blockhaustür, ehe wir gingen und uns der Stadt zuwandten. Unter seinem rechten Arm trug er diesmal eine alte Ledertasche von merklichem Gewicht. Ich mochte nicht danach fragen, was sie enthielt, und Jan schwieg sich aus.

Als wir an der Blauen Eule vorüberkamen, flog plötzlich die Tür auf und ein Betrunkener stolperte auf den Weg. Da er sich nicht mehr erheben konnte und niemand nach ihm sah, wollte ich ihm auf die Beine helfen.

Jan hielt mich fest.

„Den laß, Pietro", meinte er. „Es ist John Glasgow, streitsüchtig bis obenhin. Er ist wohl mal wieder von einem Stärkeren verdroschen worden."

Wir schritten also weiter. Bald hatten wir Käptn Kellys Haus erreicht. Es stand inmitten eines großen Gartens, umgeben von zahlreichen exotischen Sträuchern, von denen einige jetzt — Ende März — bereits blühten und einen betäubenden Duft ausströmten.

Mr. Kelly hatte uns erwartet. Er bewohnte den Bungalow ganz allein. Eine alte Haushälterin und ein Neger bildeten seine Bedienung. Er ließ uns in seinem Arbeitsraum niedersitzen, der mit den zahlreichen Andenken an seine Seefahrten an ein Museum erinnerte. Ich konnte mich nicht satt sehen. Vor allem fesselten mich die vielen Schwerter, Krummsäbel, Stiletts und sonstigen Hieb- und Stichwaffen aus fernsten Weltzonen. Vor einem Fenster hockten auf einer Stange zwei ausgestopfte, farbig schillernde Papageien, und zu unseren Füßen prangte das Fell eines bengalischen Tigers. Jan zündete seine Pfeife an, während Mr. Kelly eine pechschwarze Brasil rauchte.

„Käptn, wo stehen wir jetzt?" begann Jan die Unterhaltung, während deren Verlauf ich still dasaß, mit offenem Mund ihrem Gespräch lauschend.

„Ich habe eine seetüchtige Brigg, die Sacramento, gekauft", berichtete Käptn Kelly dem aufhorchenden alten Seemann. „Die Kaufsumme habe ich gleich auf den Tisch gelegt. Toll, was? Es kommt noch besser! Von der alten bewährten Mannschaft verpflichtete ich gleich den bisherigen Steuermann der Sacramento, Dave Meridan, Brown, den Schiffskoch, den Zweiten Steuermann Macaluso und die beiden Matrosen John Barring und Pete Arata.

Als im Hafen bekannt wurde, daß die Sacramento ihren Besitzer wechselt, bot sich mir ein Schiffszimmermann Jack Hunter an und mit ihm der Segelmacher Robin Roxy und der Bootsmann William Smith. An Matrosen habe ich Sam Hartley, Joe Sinclair, Sandy Hook, Frank Laffarone Nick Cassilly und Jim Grane, erfahrene Seeleute, in meinen Dienst genommen. Da ich sofort die Verproviantierung der Sacramento einleitete, können wir schon in wenigen Tagen in See stechen."

„Großartig!" rief Jan, sichtlich erfreut. Dann kratzte er sich am Kinn.

„Ich mag jetzt den Kaufpreis für die Sacramento nicht hören", setzte er halblaut hinzu. „Es wird sich um eine hohe Summe handeln, auf alle Fälle mehr, als ich besitze. Was ich aber an Ersparnissen habe, hier ist das Geld."

Jan entnahm seiner Ledertasche genau die Banknoten und Geldrollen, wie ich sie in der Nacht vorher auf dem Tisch im Blockhaus hatte liegen sehen. Ich hatte also doch nicht geträumt.

Käptn Kelly machte große Augen.

„Donnerwetter, das sind doch fünftausend Dollar!" entfuhr es ihm.

„Zehntausend, Franky dear!" Jan lächelte.

Ich sah ihm an, wie stolz er war, als einstiger Schiffszimmermann eine so phantastische Sparsumme sein eigen zu nennen.

Käptn Kelly holte tief Atem.

„Ehrlich gestanden, Jan", entgegnete er, „die Sacramento kostete mich nämlich meine sämtlichen Ersparnisse. Da wir aber für Löhne, Proviant und andere wichtige Dinge noch Geld benötigen, kommen deine Ersparnisse sehr gelegen. In diesem Fall können wir die ganze Angelegenheit beschleunigen und — übermorgen in See stechen."

„Gloria — yes!" sagte der alte Seemann. „Nimm das Geld an dich, Käptn", setzte er leiser hinzu, „verwalte es. Hab's bisher in meiner Behausung gehabt und hat mir oft Sorge bereitet, wenn Gesindel dem Blockhaus zu nahe kam."

Mr. Kelly nickte, nahm das Geld und schob es in ein Schubfach. „Abgemacht", sagte er.

Die beiden Männer verabredeten miteinander, daß Käptn Kelly sein Haus versorgen sollte. Die Haushälterin und der Neger sollten bis zur Rückkehr des Besitzers dort wohnen bleiben. Gegen Mittag des folgenden Tages würde er an Bord der Sacramento den Befehl übernehmen und die nacheinander ankommende Mannschaft für die letzten Arbeiten an Deck und in der Takelage einteilen. Wir sollten gegen Abend kommen. Eine Jolle würde uns vom Kai abholen.

Herzlich verabschiedeten wir uns von dem Kapitän, der mir vor dem Abgehen freundschaftlich auf die Schulter schlug.

Die Stadt hielt uns noch bis zum Abend fest. Jan kaufte mir eine gediegene Seemannsausrüstung und vergaß dabei nicht sich selber und den Umstand, daß wir uns bald unter einem fremden, tropisch heißen Himmel befinden würden. Spät abends kehrten wir in der Seemannskneipe Zur Blauen Eule ein, um etwas zu essen und zu trinken.

Ehe wir aufbrachen, trat Joe, der weißhaarige Kellner, nochmals an unseren Tisch.

„Jan", er beugte sich zu Jan herab, „erinnerst du dich an den gestrigen Abend? Mr. Kelly und Pietro saßen mit dir hier an diesem Tisch. Einer unserer Gäste hat sich über dich erkundigt. Er hat sich mir als Jack Hunter vorgestellt. Ich sagte ihm, wer du bist. Er trug einen schwarzen Spitzbart."

Jan blickte überrascht auf.

„Merkwürdig, unser neuer Schiffszimmermann für die Sacramento heißt ebenfalls Jack Hunter. Gestern abend war das?"

„Gestern abend, Jan", bestätigte Joe.

„Das stimmt!" meldete ich mich ein wenig aufgeregt. „Hinter uns saß am Nebentisch ein hagerer Mann mit einem schwarzen Spitzbart."

Jan sah mich nachdenklich an. Er mochte sich an das Gespräch erinnern, das wir drei an unserem Tische führten, als dieser Spitzbart in unserer Nähe saß.

„Hoffentlich hat uns der Kerl nicht belauscht", flüsterte Jan Bennett.

„Möglich wäre es schon", räumte ich ein. „Käptn Kelly sprach ziemlich leise, aber du bist manchmal doch recht laut gewesen."

„Wirklich?"

„Ich glaube schon, Jan", erwiderte ich.

Der alte Seemann drückte dem Kellner ein Geldstück in die Hand. „Danke für die Auskunft, Joe", sagte er. „War es wirklich der neue Schiffszimmermann der Sacramento, der sich nach uns erkundigte, dann will ich mich später einmal näher mit ihm unterhalten."

Wir verließen die Blaue Eule, beide etwas bedrückt, da wir natürlich befürchteten, Jack Hunter könnte unser Gespräch teilweise oder ganz mit angehört haben.

„Es wäre ärgerlich, höchst ärgerlich", murmelte der alte Seemann.

Ich stimmte ihm bei. Ich erinnerte mich, daß Jan und Mr. Kelly beschlossen hatten, die alte Mannschaft über den Zweck der Reise aufzuklären, wenn auch erst auf hoher See. Die neue Crew aber wollten sie darüber im unklaren lassen, bis sie sich bewährt und sich herausgestellt hätte, daß sie es wert sei, die ganze Wahrheit zu erfahren.

„Es wird schon alles gutgehen, Jan", suchte ich meinen väterlichen Freund zu trösten. Eine Stunde später begaben wir uns zum Hafen. Wir hatten das Blockhaus verschlossen und nahmen den Schlüssel mit.

An Bord der Sacramento

und der heimliche Schwimmer

Am Kai wartete schon John Barring auf uns und verfrachtete uns in die schwankende Jolle. Er war einer von der alten Mannschaft.

Pfeilschnell schoß der Einmaster über das dunkle Hafenwasser dahin.

Als wir über das Fallreep an Bord kamen, sahen wir die neu angeworbene Mannschaft und den neuen Schiffszimmermann sich mit Käptn Kelly unterhalten, der uns dann vorstellte.

Ich wechselte verstohlen mit Jan einen Blick. Auch er erinnerte sich also an den spitzbärtigen Hageren, der am Nachbartisch saß, als wir uns mit Käptn Kelly in der Blauen Eule unterhalten hatten. Es war derselbe Spitzbart, der sich beim Kellner Joe über uns so eingehend erkundigt hatte.

Jan nickte mir bedeutsam zu. Das hieß: Laß dir nichts anmerken, daß du ihn wiedererkennst!

Ich hörte, wie Mr. Kelly meinen alten Seemann einführte. Danach beabsichtigte dieser, auf einigen Inseln in der Südsee die dortige Flora und Vogelwelt zu studieren. Die Mannschaft brauche sich aber, an Ort und Stelle angelangt, nicht um diese wissenschaftlichen Dinge zu kümmern. Es könne jedoch sein, daß Mr. Bennett auch Gesteinsproben mitnehme, dann müßten sie die in Kisten an Bord hieven.

Damit war die Vorstellung beendet. Der neue Schiffszimmermann trollte sich, und Steuermann Macaluso winkte die Männer herbei. Es gab ja noch viel an Deck zu ordnen, denn im Morgengrauen sollte die Sacramento den Hafen von San Franzisko verlassen.

Käptn Kelly zeigte uns unsere Kammern. Die meine lag neben Jans Gelaß, das komfortabler eingerichtet war. Da gab es holzverkleidete Wände, Goldleisten und einen großen Spiegel neben dem geräumigen Bett.

Ich vertauschte meinen gewöhnlichen Sonntagsanzug mit einer Art Uniform für Seefahrende. Sie bestand aus einer weißen Leinenhose, blauer kurzer Jacke mit blitzenden Goldknöpfen, Ledersandalen und einer leichten Mütze, über deren schwarzem Schirm in goldenen Lettern der Name unseres schnellen Seglers Sacramento aufgenäht war. In den halb erblindeten Wandspiegel lugend, bildete ich mir ein, daß ich ein schlanker hübscher Bursche sei, den die Uniform großartig kleide.

Ich hatte an Bord der Sacramento keine regelmäßig auszuübende Funktion, außer der, daß ich ständig um Jan kreiste, Käptn Kelly unterhielt und meine Nase überallhin steckte, wo Platz für sie war. Wieder oben angelangt, konnte ich mich nach Belieben tummeln.

Noch an diesem Abend lernte ich die alte Mannschaft kennen, allen voran Dave Brown, den Schiffskoch, dessen Einladung, mit ihm zur Kombüse zu kommen, ich sofort annahm. Während ich für ihn Speck brockte — es gab Erbsensuppe mit Speck —, suchte er mich auszufragen.

„Ist Mr. Bennett dein Vater?" erkundigte er sich.

„Mindestens das", gab ich lächelnd zur Antwort und erklärte es ihm.

Der Schiffskoch nickte.

„Du hast Glück, Pietro von Sengell", brummte er. „Einen solchen Freund hätte ich in meiner Jugend auch nötig gehabt."

„Du, Dave", antwortete ich, „Mr. Bennett wird viel mit dem Käptn zusammensitzen, beide kennen sich seit vielen Jahren, da darf ich doch jederzeit zu dir in die Kombüse kommen?"

„Du darfst, Pietro", sagte Dave Brown.

Ich war zufrieden. So hatte ich neben dem Käptn und dem alten Seemann Jan in Dave Brown schon den dritten verläßlichen Freund an Bord der Sacramento. Mit den beiden Steuermännern, mit John Barring und Pete Arata, hatte ich schon Worte gewechselt und schätzte, daß sie ehrliche Janmaaten seien.

Als es Zeit zum Abendbrot war, erbot ich mich, Käptn Kelly und dem alten Seemann das Tablett mit dem Essen zu bringen, zumal da ich ja meine Mahlzeiten gleichfalls mit in der Kajüte Mr. Kellys einzunehmen hatte. Jan wollte es so. Dave war hocherfreut, es entlastete ihn, und ich verrichtete während der Fahrt den Dienst des Zubringers bei Tische zur Zufriedenheit aller Beteiligten. Dazu gehörten auch die Steuermänner David Meridan und Macaluso, wenn sie nicht gerade Dienst hatten.

Etwas später turnte ich an Deck. William Smith, der Bootsmann, gab mit seiner Trillerpfeife dazu das Signal. Die wichtigsten Aufräumungsarbeiten waren bereits beendet, es war Feierabend. Ich hörte die neue Mannschaft in ihrem neuen Logis vor dem Mast ziemlich laut lärmen, noch besser aber des Schiffszimmermanns tiefen Baß. Es hörte sich von fern an, als erteile er seiner Umgebung Lehren.

Ich stand mittschiffs, lehnte an der Reling und lauschte den geräuschvollen Stimmen der Hafennacht. Musikfetzen,

Schreie und Gesang, das alles drang an mein Ohr, und dazu schien der Mond so hell, daß ich deutlich die dunklen Wasser des weiten Hafens erkennen konnte.

Kurz hintereinander legten einige Jollen an, und das Fallreep herauf kamen die letzten, die noch einen kurzen Landurlaub genommen hatten. John Barring, der ellenlange blonde Matrose, holte das Fallreep herauf, während die übrigen Männer die Jolle heraufhievten und an Deck verstauten.

Ich war wieder allein.

Plötzlich stutzte ich. Deutlich erkannte ich einen Menschen, der nahezu lautlos auf die Sacramento zuschwamm. Tiefer beugte ich mich herab, aber dann sah ich nichts mehr.

Es blieb alles still da unten, obwohl ich minutenlang lautlos stand, lauschte und kaum zu atmen wagte.

Ich hatte das beklemmende Gefühl, daß ich versäumte zu helfen. Aber freilich, der sich da unten schwimmend näherte, hätte sich ja bemerkbar machen können. Ich lauschte nochmals hinunter, und als ich nichts Verdächtiges mehr hörte, suchte ich meine Kammer auf.

Je länger ich über diese seltsame Beobachtung nachdachte, desto sicherer wurde ich, daß es doch ein Mensch gewesen war, der schwimmend auf die Sacramento zuhielt. Wenn dieser Mensch nun gar vor meinen Augen lautlos untergegangen war? Mit heftigen Vorwürfen gegen mich selbst schlief ich endlich ein.

Kurs auf die Südsee
und man munkelt einiges an Bord

„Get up, Pietro!"

Zweiter Steuermann David Meridan stand lachend vor meiner Koje. „Mr. Bennett will, daß du die Ausreise nicht versäumst."

„Thanks, Mr. Meridan!"

Er ging rasch hinaus. Hastig schlüpfte ich in meine Kleider und turnte an Deck. Auf den ersten Blick erkannte ich, daß die Segelmanöver beendet waren. Der vom Land her wehende Morgenwind bauschte sie auf, und da bereits alle Taue gelöst und aufgerollt waren, drehte die Sacramento langsam dem Hafenausgang zu, sie kam in Fahrt.

Jan stand plötzlich neben mir.

„Es ist soweit, Pietro", sprach er halblaut.

Ich nickte und deutete nach hinten. Wir waren schon fast aus dem Hafen heraus, und San Franzisko lag, noch halb träumend, unter der aufgehenden Sonne. Wir gingen zum Kartenhaus.

John Barring stand am Ruder und drehte es nach den Anweisungen Käptn Kellys hin und her, bis das Schiff im befohlenen Kurs segelte. Halblaut unterhielten sich die Männer, während ich wie gebannt nach der aufgehenden Sonne sah, die in diesem Augenblick das Meer in einen schimmernden Feuersee verwandelte. Im Überschwang meiner Freude nahm ich Jans Rechte und drückte sie fest.

„Was'n los, Boy?" lächelte er.

„Wir fahren zur Südsee!" triumphierte ich.

Etwas später verließ ich mit dem alten Seemann das Kartenhaus, das Jan Ruderhaus zu nennen beliebte. Wir traten zur Reling. Jan deutete auf das Meer. Da erkannte ich den gewaltigen Hai, der in Kiellinie der Sacramento folgte.

Ich merkte, wie Jan zusammenzuckte.

„Weiß der Himmel, Pietro", murrte er, „weshalb uns diese gefräßige Bestie folgt. Hm, ist nicht gerade ein gutes Omen."

Ich schwieg, denn mir fiel meine merkwürdige Beobachtung am gestrigen Abend ein: Jemand schwamm auf unseren Segler zu, und hinter ihm sah ich etwas folgen, was der Rückenflosse eines Haies ähnlich gesehen hatte. Ich hatte mich an diese Tatsache erinnert, als ich schon in meiner Koje lag. Um Jan nicht zu beunruhigen, verschwieg ich meine nächtliche Beobachtung. Wir kehrten um, das Frühstück einzunehmen.

Eine Woche schon segelte die Brigg Sacramento vor dem stetig blasenden Wind auf den grünblau schimmernden

Wellen des Pazifischen Ozeans. An Bord des Seglers herrschte musterhafte Ordnung, da auch die neue Mannschaft ausnahmslos aus erfahrenen Seeleuten bestand. Unterdessen hatte ich mir die ganze alte Mannschaft zu Freunden gemacht. Vor allem John Barring, der blonde Hüne, zog mich, wenn es sich machen ließ, ins Gespräch. Weniger Glück hatte ich bei den neuen Leuten.

Jan und ich waren uns inzwischen darin einig, daß der Schiffszimmermann Jack Hunter derselbe hagere Mann mit dem Spitzbart war, der an jenem Abend in der Seemannskneipe Zur Blauen Eule hinter uns gesessen hatte. Eifrig bestätigten wir uns gegenseitig, daß der Spitzbart — wie ich ihn oft nannte — bestimmt nichts von unserer damaligen Unterhaltung hatte hören können. Dem Käptn gegenüber schwiegen wir uns aus.

Die „Neuen" mitsamt dem Schiffszimmermann benahmen sich durchaus korrekt, und nichts deutete bis jetzt darauf hin, daß sie von der eigentlichen Ursache dieser Reise wußten. Allerdings, Hunter schwieg zumeist und war für ein Gespräch selten oder nie zu haben, und mit Ausnahme des riesigen Franko-Kanadiers Frank Laffarone und des Matrosen Jim Grane, die sich öfter friedlich mit mir unterhielten, taten es die übrigen „Neuen" Hunter beharrlich nach.

Einmal wurde ich Zeuge eines kurzen Gesprächs zwischen Jack Hunter und Robin Roxy, dem Segelmacher. Dieser war von untersetzter Gestalt, rothaarig und muskelbepackt, außerdem äußerst gewandt. Er mußte über gewaltige körperliche Kräfte verfügen.

„Ich halte es für gemein, Jack", hörte ich Roxy schimpfen, „daß man an Bord der Sacramento einen Unterschied zwischen alter und neuer Mannschaft macht. Die beiden Steuerleute Meridan und Macaluso sind schließlich Offiziere, aber auch der Schiffskoch, John Barring und Pete Arata wohnen mittschiffs mit den allerhöchsten Herrschaften! Hätte ich auf diesen Planken etwas zu sagen, dann müßten die drei noch diese Stunde in der Matrosenback am Heck Quartier nehmen."

Der Schiffszimmermann nickte.

„Hast recht, Robin", stimmte er zu, „es ist gemein, die drei von der alten Mannschaft der Sacramento auch quartiermäßig über uns zu stellen."

Unbemerkt zog ich mich zurück und meldete das Gehörte Jan Bennett. Aber entgegen meiner Erwartung regte ihn das nicht auf.

„Mach dir nichts aus dem Gerede, Pietro", meinte er leichthin, „die Leute vor dem Mast werden sich darüber beruhigen. Sie müßten doch wissen, daß es bei ihnen verteufelt eng zuginge, müßten sie die drei auch noch bei sich aufnehmen."

Na also! Ich war beruhigt.

Eine dunkle Gestalt
und der blinde Passagier

Eines Abends blieb ich länger als sonst an Deck. Es war eine Nacht, wie man sie selten vergißt. Der Himmel war voller leuchtender Sterne, das Meer lag dunkel und ruhig, obwohl eine frische Brise übers Deck hinfegte. Sie kühlte mir angenehm die erhitzte Stirn. Aus dem Matrosenlogis tönte wieder das tiefe Organ des Schiffszimmermanns, von dem wir bereits wußten, daß er mittschiffs das große Wort führte. Der alte Seemann Jan war bei Mr. Kelly. Sicher erinnerten sie sich gegenseitig wieder an gemeinsam erlebte Fahrten. Schon wollte ich umkehren, um ihrer Unterhaltung zuzuhören — da stockte ich.

Deutlich hatte ich einen gebückten Menschen über das Schiffsdeck huschen und hinter einem der nahe der Reling vertäuten Boote verschwinden sehen. Jemand von der Mannschaft konnte es nicht sein. Diese dunkle Gestalt hatte eine knabenhaft schmale Taille. Im Schatten des Hauptmastes stehend, vermied ich jede Bewegung. Das seltsame menschliche Etwas war hinter Boot Nr. 1 weggetaucht.

Da — da war es wieder! Hinter dem Boot kam es lautlos hervor und blieb lauschend stehen — ein Mädchen! Im Mondlicht sah ich seine Erscheinung ganz deutlich, während ich nicht gesehen werden konnte. Die Fremde mochte so alt wie ich selber sein. Langes schwarzes Haar fiel ihr über die Schultern, sie trug lange Buckskinhosen mit langen Fransen an den Seiten, an den Füßen indianische Mokassins, um den Oberkörper eine enganliegende schwarze Bluse, ärmellos.

Schon stand ich vor ihr.

„Wer bist du?" flüsterte ich.

„Ich heiße Carola", gab sie zur Antwort, ebenfalls leise, keinesfalls überrascht. „Du bist Pietro!"

„Woher kennst du mich?"

Das Mädchen lächelte. Seine weißen Zähne schimmerten. Sie hatte ein schmales rassiges Gesicht. Sie kam näher.

„Ich bin schon lange an Bord der Sacramento, Pietro", erklärte sie. „Wenn du mich nicht verrätst, sage ich dir alles."

„Kannst dich auf mich verlassen."

Sie sah sich forschend um, ehe sie antwortete.

„Pietro", erzählte das Mädchen dann, „ich kenne viele von der Mannschaft, vor allem Käptn Kelly und den alten Seemann. Dich habe ich auch schon gesehen, wenn Mrs. Campell von der Erziehungsanstalt für Elternlose uns Mädchen durch die Stadt führte."

„Bist du etwa durchgebrannt?" fragte ich.

Carola nickte.

„Ja, es mußte sein."

„Weshalb?"

„Es war zu und zu langweilig im Haus von Mrs. Campell. Egalweg hörten wir von ihr dieselben Geschichten. Wenn wir durch die Stadt geführt wurden, durften wir nicht links noch rechts sehen. Das war wieder langweilig. In Mrs. Campells Haus roch es ewig nach faulen Äpfeln; ich sehnte mich nach frischer Luft. Und genau an dem Abend, als du mit Mr. Bennett den ollen Käptn Kelly besuchtest, ist's passiert."

„Was denn?"

„Mrs. Campell schickt doch immer Mädchen zu leichten Arbeiten aus. Sie mußten in Käptn Kellys Garten die Kieswege und Beete säubern. Diesmal war ich dabei, und als ich dich und Mr. Bennett zum Haus gehen sah, stand ich unter dem offenen Fenster."

„Aha, und da hast du uns belauscht!" entfuhr es mir.

„Ja, es mußte so sein, Pietro. Ich hörte etwas von einer Segelfahrt zur Südsee, da war es um mich geschehen. Reg dich nicht auf: ich weiß alles!"

„Daß wir einen Gol ..."

„Ja. Aber ich kann schweigen wie — wie ein Grab!" Beschwörend erhob sie ihre Hände.

„So weißt du — alles?" stammelte ich.

Sie nickte.

„Ja, alles, du kleiner Schiffsjunge!"

Jetzt hatte sie mich beleidigt. Ich war kein Schiffsjunge, sondern Mr. Bennetts „persönlicher Begleiter". Schiffsjunge zu sein, würde ich ja als eine ehrenvolle Tätigkeit angesehen haben, aber sie hatte „kleiner Schiffsjunge" gesagt! Und das, obgleich alle an Bord, mit Ausnahme von Jack Hunter, meine Größe rühmten.

„Sag das noch mal: kleiner Schiffsjunge", sagte ich erbost, „und ich hau' dir eine 'runter."

Sie blieb ruhig.

„Das wirst du nicht tun, Pietro von Sengell", erwiderte sie fest.

„Weshalb denn nicht?"

„Weil du ein anständiger Junge bist. Kein Gentleman schlägt eine junge Lady."

„Hm", machte ich.

Sie kam nahe zu mir heran.

"Pietro", sagte sie, "verzeih mir den kleinen Schiffsjungen! Es soll nicht mehr vorkommen. Das sieht ja jeder, daß du viel größer bist als ich. Und ich verrate nichts."

"Ehrenwort?"

"Ehrenwort, Pietro!"

Wir gaben einander die Hand. Jetzt war ich beruhigt. Das Mädel gefiel mir immer besser.

"Wie alt bist du denn?" fragte ich sie.

"Fünfzehn. Habe heute Geburtstag."

"Ich gratuliere. Da müßte ich dir ja etwas schenken."

"Wenn du willst! In der Kombüse steht ein Teller mit Pfannkuchen, den wollte ich vorhin leer machen, aber dann bist du gekommen, und ich mußte verschwinden. Seit ich an Bord bin, habe ich vom Stehlen gelebt."

"Du bist aber eine!" sagte ich halb bewundernd.

"Hunger tut weh, Pietro."

"Das glaube ich dir. Wie bist du eigentlich an Bord gekommen?"

Sie kicherte. "Du hast es doch selbst gesehen."

"Ich? Wann?"

"In der Nacht vor der Ausreise der Sacramento!"

"Ah — damals! — Erzähle mir alles", drängte ich.

"Ja, gern", antwortete sie, "komm mit. Wir setzen uns hinter das Boot, damit uns niemand sehen kann."

Wir kauerten uns hinter dem Boot nieder, doch so, daß ich die nächste Umgebung überschauen konnte.

"Also los!" sagte ich.

Carola kicherte leise in sich hinein. Es schüttelte sie in Erinnerung an das, was sie damals erlebt hatte.

Die Mitwisserin
und ihre geheimnisvolle Geschichte

„Ich habe Freundinnen", begann sie, „zwei sogar, aber denen erzählte ich nichts von meinem Plan. Für so etwas wären Nettie und Josefine viel zu ängstlich gewesen, außerdem fürchteten sie sich vor Mrs. Campell. Wenn wir etwas ausgefressen hatten, kniff sie uns immer in die Ohren, und wir mußten dann während der Mahlzeiten mit dem Teller in einer Ecke stehen. Mrs. Campell wird mich suchen, sogar suchen lassen, aber sie wird mich nicht finden. Das siehst du doch ein?"

„Natürlich, nun aber weiter!"

Carola holte tief Atem.

„Heimlich packte ich meine Kleider in einen Leinensack und schnürte ihn zu einem Bündel zusammen. Als alle schliefen, stahl ich mich aus dem Schlafsaal.

An dem Nachtwächter rannte ich vorbei und turnte über die Mauer. Ungesehen kam ich zum Kai, denn es war schon dunkel. Dort kauerte ich mich hinter herumstehende Fässer und wartete. Als dann die letzten von der Mannschaft der Sacramento an Bord gingen, band ich mein Kleiderbündel mit einer Schnur an meinen Gürtel und ließ mich — plumps — ins dunkle Hafenwasser hinunter.

Vom Heck des Seglers hatte ich eine Strickleiter herunterhängen sehen, darauf hielt ich zu. Schwimmen kann ich ja wie eine Ratte. Und ich sag dir, das war meine Rettung!

Denn als ich schon über die Hälfte der Strecke hinter mir hatte, schnappte ein großer Hai nach mir, drehte bei und folgte mir von hinten. Immerzu schnappte er nach meinem Kleiderbündel, dann auf einmal, als ich zurücksah, war es weg. Der Hai hatte es erwischt und blieb etwas zurück.

Als ich dann die Sacramento endlich erreicht hatte, hörte ich ihn wieder hinter mir, und gerade als ich mich an der Strickleiter 'raufzog, schoß das Untier 'ran, aber da war ich schon in Sicherheit."

„Toll!" entfuhr es mir.

„Du hast doch oben an der Reling gestanden. Ich sah dich deutlich vor dem hellen Nachthimmel. Nichts bemerkt?"

„Doch", gestand ich, „aber ich glaubte zuerst, daß ich mich täuschte. Später wurde es mir jedoch gewiß, daß ich jemand hatte schwimmen sehen. An die Rückenflosse des Hais erinnerte ich mich ebenfalls. Nachher rührte sich nichts mehr, und da bin ich zu meiner Kammer gegangen."

„Darüber war ich froh!" erzählte Carola weiter. „Ich hing nämlich nicht weit von deinem Platz an der schwankenden Strickleiter, und meine Arme und Beine begannen zu erlahmen.

Ich wollte natürlich von dir nicht gesehen werden, wenn ich mich an Bord mogelte. Stell dir vor, du hättest mich erwischt und Krach geschlagen! Mr. Kelly würde mich noch in der Nacht vor der Abfahrt Mrs. Campell übergeben haben. Ich hätte Dunkelarrest und trocken Brot zu essen bekommen. Mrs. Campell hatte Mittel und Wege, störrische kleine Mädchen ganz klein und häßlich zu machen. Und sie wäre fürchterlich empört darüber gewesen, hätte sie entdeckt, daß ich die ihr verhaßten Buckskinhosen trug, die mir einmal jemand schenkte. Ich war froh, als du weggingst, und fand Unterschlupf in diesem Boot hier, wo ich tagsüber hause. Durch eine Ritze in der Persenning kann ich sehen, was an Deck vor sich geht."

„Du bist aber gerissen!" sagte ich.

Es schmeichelte ihr sichtlich.

„Meine Eltern sind tot", berichtete sie, immer leiser werdend, „sie waren Deutschschweizer und siedelten mit General Sutter am Ufer des Sacramento. Als meine Mutter im Kindbett starb und der kleine Junge dazu, zog mein Vater nach San Franzisko, wo ihn im Streit ein Mexikaner erstach. Ich war damals sieben Jahre. Sie brachten mich Mrs. Campell ins Haus. Ich heiße Carola Mingotti."

„Arme Carola", sagte ich aus ehrlichem Mitgefühl. Dann erzählte ich ihr meine Geschichte, die beinahe der ihrigen ähnelte. Wir waren beide Vollwaisen.

„Carola", bat ich, „laß uns Freunde sein!"

„Ja, gern!"

Sie gab mir die Hand. So saßen wir eine Zeitlang und schwiegen.

„Pietro", Carola brachte es ungestüm vor, „ist es wahr, daß Schiffskapitäne blinde Passagiere, wenn sie entdeckt werden, auspeitschen lassen und dann ins Meer werfen, wo sie ertrinken müssen? Mrs. Campell hat uns das erzählt."

„Unsinn! Wenigstens nicht an Bord der Sacramento."

Neben mir war ein Seufzer der Erleichterung zu hören.

„Dem Himmel sei Dank!" flüsterte Carola. „Was wird nun?" setzte sie hinzu.

Ich erhob mich.

„Wo sind deine Sachen?" fragte ich.

„Im Boot. Nur das, was ich in meinen Taschen bei mir hatte: ein kleiner Spiegel, Taschentücher, 'n Kamm, mein bißchen Nähzeug. Es ist nicht viel."

„Nimm's an dich. Neben der meinigen ist eine leere Kammer mit einem Feldbett drin. An der Wand hängt ein Spiegel, halb blind. Aber der wird's tun. Dort schläfst du."

„Au fein!"

Carola holte ihre wenigen Habseligkeiten aus dem Boot, und wir warteten, bis an Deck die Wache vorbei war. Es war der mir wohlgesinnte Matrose Pete Arata. Dann rannten wir zu meiner Kammer. Ich zündete die Öllampe an, und wir sahen einander an. Carola war gut einen halben Kopf kleiner als ich. Obwohl sie seit mehr als acht

Tagen in einem Boot hauste, sah sie nicht unordentlich aus.

„Du bist schön, Carola", sagte ich.

Sie lächelte und meinte nur: „Das haben mir schon viele gesagt." Sie setzte sich.

„Aber nun mal ganz was anderes", sagte ich. „Du hast doch Hunger?"

Sie nickte.

„Bleib da."

„Holst du jetzt die Pfannkuchen?"

„Ja." Damit witschte ich hinaus.

Bald kehrte ich mit dem Gewünschten zurück. Mit wahrer Lust sah ich zu, wie es dem Mädchen schmeckte. Endlich hatte es sich satt gegessen; der Teller war leer.

„Wäre es nicht besser, Pietro", fragte sie plötzlich, „du würdest Käptn Kelly alles erzählen? Er kennt mich und hat mir einmal heimlich einen halben Dollar zugesteckt. Er wird mir nicht böse sein."

„Wie du willst. Aber zuerst weihe ich meinen Freund Jan ein. Der wird dich kaum kennen, aber das macht nichts. Wenn ich sage, daß wir beide Freundschaft geschlossen haben, hast du auch bei ihm gewonnenes Spiel."

„Bring mich zu meiner Kammer", sagte sie, versteckt gähnend.

Ich brachte das Mädchen zur Nachbarkammer, öffnete die Tür und ließ sie hineinschlüpfen. Der Mond schien noch hell genug, so daß man alle Gegenstände in dem engen Gelaß erkennen konnte.

„Gute Nacht, Pietro!" flüsterte Carola.

„Gute Nacht", erwiderte ich. „Bleib in der Kammer, bis ich mich morgen melde. Ich klopfe dreimal rasch hintereinander an die Kammertür. Dann weißt du, daß ich es bin. Es wird schon alles gut ablaufen für dich."

„Ich hoffe es."

Die Kammertür schloß sich, und ich begab mich zur Ruhe. Fast augenblicklich schlief ich ein.

Gleichzeitig ist erschienen:

Es riecht nach Meuterei

Eines war allen klar, die auf der „Sacramento" dem Schatz in der Südsee entgegenfuhren: es gab zwei Parteien an Bord. Die Schiffsführung und ein paar treue Leute einerseits und einige wilde Gesellen unter Führung des Schiffszimmermanns andererseits. Klar war weiterhin, daß Hunter um den wahren Grund der Reise in die Südsee wußte und finstere Pläne schmiedete, um sich selber in den Besitz des Piratengoldes zu bringen.

Was aber konnte Kapitän Kelly gegen die bewaffneten und beutegierigen Verschwörer unternehmen, falls es zur offenen Meuterei kommen sollte?

Wie sich die bedrohliche Lage zuspitzte und wie es zur ersten Schießerei kam, das alles berichtet Pietro im zweiten Band. Das Mädchen Carola, das ebenfalls um das Geheimnis wußte, erweist sich als mutig und erfindungsreich und spielt den Meuterern manchen Streich.

Aus dem Inhalt:

Ein Mitwisser mehr	Die Meuterer machen Ernst
Geheimwaffen an Bord	Hunter schlägt zu
Der Rädelsführer	Offene Meuterei
Eine verzweifelte Lage	Eine Schlappe für Hunter
Versteckte Drohungen	Streit der Verschwörer

Weshalb werden täglich 15000 FISCHER-BÜCHER aus Göttingen gekauft?

Weil sie alle

- in kostbare Seidenfolie gebunden sind?
- weißes, holzfreies Papier haben?
- zweifarbig gedruckt sind?

Oder weil es

- über 400 verschiedene Titel gibt?
- Spaß macht, „Göttinger" zu lesen?
- eben keine preiswerteren Bücher gibt?

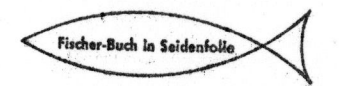

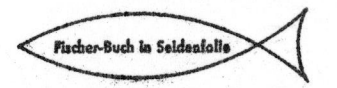

Fischer-Buch in Seidenfolie   Fischer-Buch in Seidenfolie

GÖTTINGER JUGENDBÜCHER